Hello Kitty
Vive la neige !

hachette
JEUNESSE

Cet hiver, Hello Kitty et sa sœur, Mimmy, partent en vacances à la montagne avec Papa et Maman.

– N'oubliez pas vos moufles et vos bonnets, il va faire froid là-haut ! dit Maman.

Les petites filles, chaudement habillées, découvrent le joli chalet en bois dans lequel toute la famille va habiter.

Tout le monde enfile sa combinaison et emprunte la télécabine pour se rendre sur les pistes.

– Comme c'est beau ! s'exclame Hello Kitty, émerveillée.

Hello Kitty et Mimmy prennent leur premier cours de ski.
Sous le regard bienveillant du moniteur, elles s'élancent du haut
de la piste.

Mimmy a un peu peur, elle ferme les yeux en serrant
bien fort ses bâtons.

– Youpi, on a réussi ! s'exclame Mimmy.
– Comme on glisse vite, ajoute Hello Kitty. Recommençons !

Que c'est amusant de remonter la piste en téléski !

L'après-midi, les deux sœurs font de la luge, chacune
leur tour. Pendant que Hello Kitty glisse sur le sol tout blanc,
Mimmy s'amuse à faire de la fumée avec le nez.

C'est l'heure du goûter. Maman prépare à ses petites chéries un délicieux chocolat chaud, qu'elles dégustent avec une part de quatre-quarts.

— Rien de tel pour se réchauffer ! dit Maman.

Deux grosses boules de neige, deux noix
pour les yeux, une carotte pour le nez, un bonnet
et une écharpe bien chaude, voici le plus beau
des bonshommes de neige !

Le lendemain matin, Hello Kitty et Mimmy vont faire
du patin à glace sur le lac gelé qui se trouve près du chalet.
Hello Kitty décrit de jolis arabesques sur le sol glacé.

Puis, toute la famille profite du soleil
pour faire une balade en raquettes.
– Ce n'est vraiment pas facile de marcher
avec ça aux pieds, bougonne Mimmy.

Dans la forêt, Hello Kitty observe les écureuils qui se déplacent
à petits pas sur le sol enneigé. Mimmy, qui a retrouvé le sourire,
ramasse des pommes de pin au pied d'un épicéa.

**De retour au chalet, c'est parti pour une bataille
de boules de neige avec Papa !**

Comme il est bon d'être au chaud !
Hello Kitty fait un dessin pour ses
grands-parents : un joli bonhomme
de neige !

© 2012, Hachette Livre, 43 quai de Grenelle, 75905 Paris Cedex 15. Dépôt légal : octobre 2012 – Édition 01.
Illustrations : Turbulences Presse. Loi n°49-956 du 16 juillet 1949 sur les publications
destinées à la jeunesse. Achevé d'imprimer en octobre 2012 par l'imprimerie Pollina (Luçon), en France - L6209
ISBN : 978-2-01-227377-1.